Gavino e i pirati

Testo e illustrazioni
di Rosemary Dewart

Traduzione di Sofia Loddo

A Kimi, Kate e Zoe.

Titolo originale: Gavin and the pirates

ISBN | 978-88-91193-45-2

Testo e illustrazioni: © 2015 Rosemary Dewart
Traduzione di Sofia Loddo
Tutti i diritti riservati.
Il diritto morale dell'autore e illustratore è tutelato.

Trovaci su Facebook: www.facebook.com/rosemarytales
Acquista su http://www.youcanprint.it/libri-per-bambini-e-ragazzi

Nella casetta bianca, in cima alla scogliera,
c'era una mamma un po' pasticcera.

Preparava la sua torta al cioccolato,
la merenda perfetta per un bimbo affamato!

Intanto Gavino
giocava ai pirati
sulla spiaggia di ciottoli
arrotondati.

Con dei pezzi
di legno costruì
una nave,
aveva la cassa
dei tesori
e perfino
la chiave.

I ciottoli erano
monete,
le conchiglie gioielli
e i compagni di
gioco erano gli
uccelli.

Osservando le onde, iniziò a immaginare
che su un vascello pirata andava per mare.

Trovava il tesoro più
prezioso del mondo,
sepolto nella sabbia,
in un buco profondo.

Con il suono delle
onde sulla riva,
i suoi occhi si chiusero
e in breve dormiva!

All'improvviso tre pirati lo afferrarono,
"Facciamolo prigioniero!" esclamarono.
Lo portarono a bordo e si trovò di fronte
al Capitano, che li attendeva sul ponte,
un pappagallo in spalla, sull'occhio una benda scura
e un sacchetto di monete, appeso alla cintura.

Mentre Gavino tremava tutto,
dalla bocca sdentata uscì un rutto!
"Verrà con noi, diventerà un duro:
sarà un buon mozzo, ve lo assicuro!"

"Verrò!" esclamò Gavino, saltando dall'emozione,
"Voglio fare il pirata, è la mia vocazione."

Il Capitano scoppiò a ridere: "Il ragazzo ha carattere!
Benvenuto a bordo! Ora basta con le chiacchiere!"

La ciurma si presentò al pirata novello
"Ecco il cuoco, si chiama Nello."

"Issate la mezzana, il vento ci fa compagnia,
levate l'ancora, andiamo via!
Nello, alla cambusa! Prepara da mangiare!
Prendi il ragazzo: dagli patate da pelare."

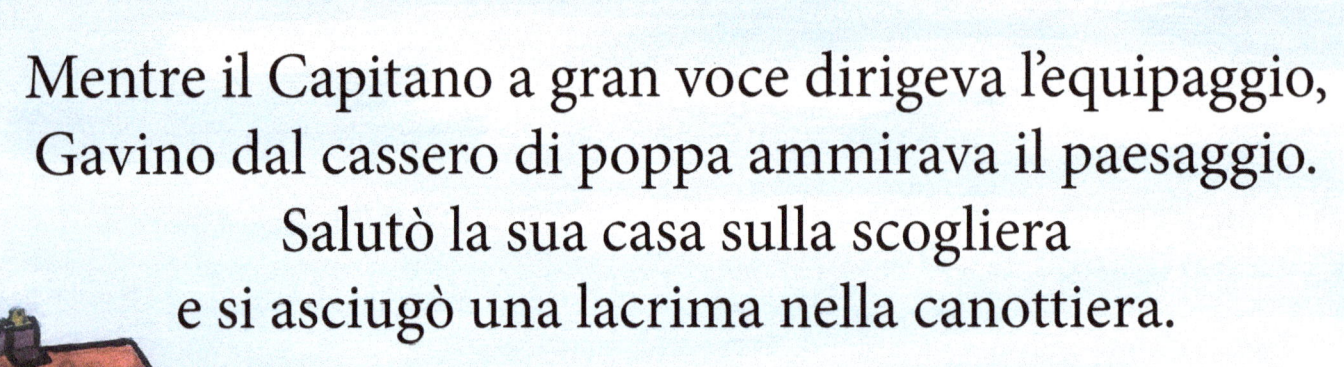

Mentre il Capitano a gran voce dirigeva l'equipaggio,
Gavino dal cassero di poppa ammirava il paesaggio.
Salutò la sua casa sulla scogliera
e si asciugò una lacrima nella canottiera.

Nel cielo le stelle luccicavano a migliaia,
mentre navigavano dolcemente oltre la baia.

Giorno dopo giorno Gavino si dava da fare:
serviva i pasti e buttava gli avanzi a mare,
si rendeva utile in tutte le maniere,
lavava le camice o faceva da barbiere…
Il lavoro era duro ma al Capitano era fedele,
sognava di salire sull'albero e issare le vele.

La nave veleggiava
giorno e notte,
il Capitano decideva gli
agguati e le rotte.

Quando era in coffa a scrutare il mare,
Gavino osservava i delfini nuotare.

Mentre l'equipaggio cantava,
un giorno di gran caldana,
Gavino aspettava il rintocco della campana.
Poi all'orizzonte vide una nave,
s'aggrappò a una ghia:
"Capitano! Nave avanti!"
urlò con allegria.

"Bravo, ragazzo!" urlò il Capitano ingordo.
"Tutti ai cannoni di babordo!"

"Calate la Jolly Roger, che non sia vista:
stanotte ci attende una festa imprevista!
Rallentiamo il vascello bloccando il vento,
lo prenderemo con un colpo violento!"

Il nemico fu sconfitto e il vascello saccheggiato,
il capitano battuto aveva il volto oscurato.
Gli tolsero la sciabola, il cappello e dalla giacca i bottoni,
una mappa cadde sul ponte quando scossero i calzoni.

I prigionieri camminavano lungo la tavola sporgente,
con gli occhi bendati, non vedevano niente.
"Squali! Squali!" intonava il pappagallo,
mentre cadevano giù,
in quel mare di cristallo.
Per settimane la nave
continuò a navigare,
fino a raggiungere l'isola
e sbarcare.
Seguirono la mappa
e il tesoro fu trovato,
sull'isola il capitano sconfitto
fu abbandonato.

Mentre avanzavano nell'oceano blu,
a Gavino mancava quel che non aveva più.
Con un sospiro pensò: "Quanto tempo è passato,
mi manca la mamma e la sua torta al cioccolato!"

Era bello osservare gli albatri volare,
ma tutto ciò che desiderava era rientrare.
Continuò a pulire e lucidare il ponte,
sperando di scorgere casa all'orizzonte.

Un giorno il cielo si fece scuro
e iniziò a rullare come un tamburo.
Gavino in cambusa preparava la colazione,
corse all'oblò per capire la situazione.

Il vento turbinava e l'albero maestro si piegava,
Gavino stava male, la pancia gli brontolava.
"Tutti sul ponte, calate le vele!" urlò il Capitano allarmato
quando un'onda gigantesca rovesciò la nave su un lato...

Riaprendo gli occhi, Gavino si rese conto
di essere sulla spiaggia, al tramonto.

Corse su per la stradina, fino in cima alla scogliera.
Da lì guardò il mare, ripensando alla bufera.

Arrivò a casa e spalancò la porta,
si sentiva un buon profumo di torta.
"Figliolo, sei tornato!
Ma dove ti eri cacciato?"

Sul tavolo c'era proprio la sua torta preferita,
ne mangiò una gran fetta e si leccò le dita!

Sapevi che...?

La *ciurma* è l'equipaggio della nave.

Il *cassero* è la sovrastruttura che si estende da un fianco all'altro della nave.

La *poppa* è la parte posteriore della nave.

Il *babordo* è il fianco sinistro della nave.

La *coffa*, tipica delle navi a vela, è il punto in cui si sistema la persona di vedetta.

La *mezzana* è la vela più vicina a poppa.

La *ghia* è una fune che fa parte del sistema per muovere le vele.

La *cambusa* è la cucina della nave.

La *rotta* è il percorso lungo il quale procede la nave.

La *Jolly Roger* è la bandiera tradizionale dei pirati, con il simbolo del teschio con le ossa incrociate.

Il *rintocco della campana* segnalava il cambio di turno della vedetta.

I pirati nemici venivano fatti camminare sulla *tavola sporgente,* una tavola di legno che sporgeva dalla nave, per finire in pasto agli squali.

L'*albatro* è un uccello oceanico con una grande apertura alare.

L'autrice

Rosemary Dewart ha lavorato per tanti anni con bambini,
come insegnante d'inglese e tata.
Adora leggere e raccontare storie
e da qualche anno, nel suo tempo libero, dipinge.
Gavino e i pirati è il frutto delle sue passioni:
mare, racconti, rime, pittura.
Attualmente vive a Cagliari, sua città di adozione.

Finito di stampare nel mese di Novembre 2015
per conto di Youcanprint *self - publishing*